Promenades et Intérieurs

Petite Collection rose

FRANÇOIS COPPÉE

Promenades et Intérieurs

PARIS
LIBRAIRIE A. LEMERRE

FRANÇOIS COPPÉE
(1842-1908)

François Coppée, né en 1842 à Paris de parents parisiens, mort à Paris en 1908, est un des poètes les plus populaires de la seconde moitié du XIX*e* *siècle. Son talent souple s'est essayé avec succès dans tous les genres; mais c'est comme poète des humbles et de la vie familière qu'éclate le mieux son originalité, surtout dans les recueils intitulés :* les Humbles, Écrit pendant le Siège, Promenades et Intérieurs, le Cahier rouge.

Poète lyrique, sentimental et intime dans le Reliquaire, Intimités, Olivier, l'Exilée, les Mois, Jeunes Filles, Arrière-Saison, *François Coppée a écrit de délicieux vers d'amour. Conteur et poète dramatique dans* les Récits et les Élégies, *poète satirique, patriotique et religieux dans* les Paroles sincères, Dans la Prière et dans la Lutte, Des Vers Français, *il débuta avec éclat dans* le Passant, *idylle gracieuse et morale.* Le Luthier de Crémone *et* le Trésor *sont deux menus et purs chefs-d'œuvre.* Le Pater *est d'inspiration chrétienne. Trois beaux drames qui sont presque des tragédies :* Severo Torelli, les Jacobites, Pour la Couronne, *forment la partie importante de son théâtre, remarquable par l'élévation des sentiments.*

Prosateur savoureux et charmant, il a écrit des contes et des nouvelles où se mêlent l'émotion et l'ironie, un roman hardi et puissant, le Coupable, *des articles de journaux émaillés de grâce malicieuse et de tendresse souriante, réunis sous le titre de* Mon Franc-Parler; *enfin des pages d'une inspiration toute chrétienne, publiées sous le titre de* la Bonne Souffrance, *et où il raconte son retour à la foi catholique auquel sa charité pour les pauvres et son amour des petits et des humbles l'avaient tout naturellement préparé.*

I

Promenades et Intérieurs

Lecteur, à toi ces vers, graves historiens
De ce que la plupart appelleraient des riens.
Spectateur indulgent qui vis ainsi qu'on rêve,
Qui laisses s'écouler le temps et trouves brève
Cette succession de printemps et d'hivers,
Lecteur mélancolique et doux, à toi ces vers!
Ce sont des souvenirs, des éclairs, des boutades,
Trouvés au coin de l'âtre ou dans mes promenades,
Que je te veux conter par le droit bien permis
Qu'ont de causer entre eux deux paisibles amis.

* * *

Prisonnier d'un bureau, je connais le plaisir
De goûter, tous les soirs, un moment de loisir.
Je rentre lentement chez moi, je me délasse
Aux cris des écoliers qui sortent de la classe ;
Je traverse un jardin, où j'écoute, en marchant,
Les adieux que les nids font au soleil couchant,
Bruit pareil à celui d'une immense friture.
Content comme un enfant qu'on promène en voiture,
Je regarde, j'admire, et sens avec bonheur
Que j'ai toujours la foi naïve du flâneur.

*
* *

C'est vrai, j'aime Paris d'une amitié malsaine ;
J'ai partout le regret des vieux bords de la Seine.
Devant la vaste mer, devant les pics neigeux,
Je rêve d'un faubourg plein d'enfance et de jeux,
D'un coteau tout pelé d'où ma Muse s'applique
A noter les tons fins d'un ciel mélancolique,
D'un bout de Bièvre, avec quelques champs oubliés,
Où l'on tend une corde aux troncs des peupliers
Pour y faire sécher la toile et la flanelle,
Ou d'un coin pour pêcher dans l'île de Grenelle.

* * *

J'adore la banlieue avec ses champs en friche
Et ses vieux murs lépreux, où quelque ancienne affiche
Me parle de quartiers dès longtemps démolis.
O vanité! Le nom du marchand que j'y lis
Doit orner un tombeau dans le Père-Lachaise.
Je m'attarde. Il n'est rien ici qui ne me plaise,
Même les pissenlits frissonnant dans un coin.
Et puis, pour regagner les maisons déjà loin,
Dont le couchant vermeil fait flamboyer les vitres,
Je prends un chemin noir semé d'écailles d'huîtres.

*
* *

Le soir, au coin du feu, j'ai pensé bien des fois
A la mort d'un oiseau, quelque part, dans les bois.
Pendant les tristes jours de l'hiver monotone,
Les pauvres nids déserts, les nids qu'on abandonne,
Se balancent au vent sur un ciel gris de fer.
Oh! comme les oiseaux doivent mourir l'hiver!
Pourtant, lorsque viendra le temps des violettes,
Nous ne trouverons pas leurs délicats squelettes
Dans le gazon d'avril, où nous irons courir.
Est-ce que les oiseaux se cachent pour mourir?

* * *

N'êtes-vous pas jaloux en voyant attablés
Dans un gai cabaret entre deux champs de blés,
Les soirs d'été, des gens du peuple sous la treille?
Moi, devant ces amants se parlant à l'oreille
Et que ne gêne pas le père, tout entier
A l'offre d'un lapin que fait le gargotier,
Devant tous ces dîneurs, gais de la nappe mise,
Ces joueurs de bouchon en manches de chemise,
Cœurs satisfaits pour qui les dimanches sont courts,
J'ai regret de porter du drap noir tous les jours.

*
* *

Vous en rirez. Mais j'ai toujours trouvé touchants
Ces couples de pioupious qui s'en vont par les champs,
Côte à côte, épluchant l'écorce de baguettes
Qu'ils prirent aux bosquets des prochaines guinguettes.
Je vois le sous-préfet présidant le bureau,
Le paysan qui tire un mauvais numéro,
Les rubans au chapeau, le sac sur les épaules,
Et les adieux naïfs, le soir, auprès des saules,
A celle qui promet de ne pas oublier
En s'essuyant les yeux avec son tablier.

*
* *

Un rêve de bonheur qui souvent m'accompagne,
C'est d'avoir un logis donnant sur la campagne,
Près des toits, tout au bout du faubourg prolongé,
Où je vivrais ainsi qu'un ouvrier rangé.
C'est là, me semble-t-il, qu'on ferait un bon livre.
En hiver, l'horizon des coteaux blancs de givre;
En été, le grand ciel et l'air qui sent les bois.
Et les rares amis, qui viendraient quelquefois
Pour me voir, de très loin, pourraient me reconnaître,
Jouant du flageolet, assis à ma fenêtre.

*
* *

Quand sont finis le feu d'artifice et la fête,
Morne comme une armée après une défaite,
La foule se disperse. Avez-vous remarqué
Comme est silencieux ce peuple fatigué ?
Ils s'en vont tous, portant de lourds enfants qui geignent,
Tandis qu'en infectant des lampions s'éteignent.
On n'entend que le rythme inquiétant des pas ;
Le ciel est rouge ; et c'est sinistre, n'est-ce pas ?
Ce fourmillement noir dans ces étroites rues
Qu'assombrit le regret des splendeurs disparues.

*
* *

C'est un boudoir meublé dans le goût de l'Empire,
Jaune, tout en velours d'Utrecht. On y respire
Le charme un peu vieillot de l'Abbaye-aux-Bois :
Croix d'honneur sous un verre et petits meubles droits,
Deux portraits, — une dame en turban qui regarde
Un pompeux colonel des lanciers de la garde
En grand costume, peint par le baron Gérard, —
Plus une harpe auprès d'un piano d'Érard,
Qui dut accompagner bien souvent, j'imagine,
Ce qu'Alonzo disait à la tendre Imogine.

*
* *

Champêtres et lointains quartiers, je vous préfère
Sans doute par les nuits d'été, quand l'atmosphère
S'emplit de l'odeur forte et tiède des jardins ;
Mais j'aime aussi vos bals en plein vent d'où, soudains,
S'échappent les éclats de rire à pleine bouche,
Les polkas, le hoquet des cruchons qu'on débouche,
Les gros verres trinquant sur les tables de bois,
Et, parmi le chaos des rires et des voix
Et du vent fugitif dans les ramures noires,
Le grincement rythmé des lourdes balançoires.

*
* *

Le Grand-Montrouge est loin, et le dur charretier
A mené sa voiture à Paris, au chantier,
Pleine de lourds moellons, par les chemins de boue ;
Et voici que, marchant à côté de la roue,
Il revient, écoutant, de fatigue abreuvé,
Le pas de son cheval qui frappe le pavé.
Et moi, j'envie, au fond de mon cœur, ce pauvre homme ;
Car lui, du moins, il a bon appétit, bon somme,
Il vit sa rude vie ainsi qu'un animal,
Et l'automne qui vient ne lui fait pas de mal.

*
* *

J'écris près de la lampe. Il fait bon. Rien ne bouge.
Toute petite, en noir, dans le grand fauteuil rouge,
Tranquille auprès du feu, ma vieille mère est là ;
Elle songe sans doute au mal qui m'exila
Loin d'elle, l'autre hiver, mais sans trop d'épouvante,
Car je suis sage et reste au logis, quand il vente.
Et puis, se souvenant qu'en octobre la nuit
Peut fraîchir, vivement et sans faire de bruit,
Elle met une bûche au foyer plein de flammes.
Ma mère, sois bénie entre toutes les femmes !

*
* *

Volupté des parfums ! — Oui, toute odeur est fée.
Si j'épluche, le soir, une orange échauffée,
Je rêve de théâtre et de profonds décors ;
Si je brûle un fagot, je vois, sonnant leurs cors,
Dans la forêt d'hiver les chasseurs faire halte ;
Si je traverse enfin ce brouillard que l'asphalte
Répand, infect et noir, autour de son chaudron,
Je me crois sur un quai parfumé de goudron,
Regardant s'avancer, blanche, une goëlette
Parmi les diamants de la mer violette.

*
* *

Noces du samedi ! noces où l'on s'amuse,
Je vous rencontre au bois où ma flâneuse Muse
Entend venir de loin les cris facétieux
Des femmes en bonnet et des gars en messieurs
Qui leur donnent le bras en fumant un cigare,
Tandis qu'en un bosquet le marié s'égare,
Souvent imberbe et jeune, ou parfois mûr et veuf,
Et tout fier de sentir sur sa manche en drap neuf,
Chef-d'œuvre d'un tailleur-concierge de Montrouge,
Sa femme, en robe blanche, étaler sa main rouge.

*
* *

L'école. Des murs blancs, des gradins noirs, et puis
Un christ en bois orné de deux rameaux de buis.
La sœur de charité, rose sous sa cornette,
Fait la classe, tenant sous son regard honnête
Vingt fillettes du peuple en simple bonnet rond.
La bonne sœur! Jamais on ne lit sur son front
L'ennui de répéter les choses cent fois dites!
Et, sur les premiers bancs, où sont les plus petites,
Elle ne veut pas voir tous les yeux épier
Un hanneton captif marchant sur du papier.

⁂

Depuis que son garçon est parti pour la guerre,
La veuve met les deux couverts comme naguère,
Sert la soupe, remplit un grand verre de vin,
Puis, sur le seuil, attend qu'un envoyé divin,
Un pauvre, passe là pour qu'elle le convie.
Il en vient tous les jours. Donc son fils est en vie,
Et la vieille maman prend sa peine en douceur.
Mais l'épicier d'en face est un libre penseur
Et songe : — « Peut-on croire à de telles grimaces ?
Les superstitions abrutissent les masses. »

*
* *

Il a neigé la veille et, tout le jour, il gèle.
Le toit, les ornements de fer et la margelle
Du puits, le haut des murs, les balcons, le vieux banc,
Sont comme ouatés, et, dans le jardin, tout est blanc.
Le grésil a figé la nature, et les branches
Sur un doux ciel perlé dressent leurs gerbes blanches.
Mais regardez. Voici le coucher du soleil.
A l'occident plus clair court un sillon vermeil.
Sa soudaine lueur féerique nous arrose,
Et les arbres d'hiver semblent de corail rose.

*
* *

De la rue on entend sa plaintive chanson.
Pâle et rousse, le teint plein de taches de son,
Elle coud, de profil, assise à sa fenêtre.
Très sage et sachant bien qu'elle est laide peut-être,
Elle a son dé d'argent pour unique bijou.
Sa chambre est nue, avec des meubles d'acajou.
Elle gagne deux francs, fait de la lingerie
Et jette un sou quand vient l'orgue de Barbarie.
Tous les voisins lui font leur bonjour le plus gai
Qui leur vaut son petit sourire fatigué.

*
* *

Dans ces bals qu'en hiver les mères de famille
Donnent à des bourgeois pour marier leur fille,
En faisant circuler assez souvent, pas trop,
Les petits-fours avec les verres de sirop,
Presque toujours la plus jolie et la mieux mise,
Celle qui plaît et montre une grâce permise,
Est sans dot, — voulez-vous en tenir le pari? —
Et ne trouvera pas, pauvre enfant, un mari.
Et son père, officier en retraite, pas riche,
Dans un coin, fait son whist à quatre sous la fiche.

*
* *

Comme à cinq ans on est une grande personne,
On lui disait parfois : « Prends ton frère, mignonne, »
Et, fière, elle portait dans ses bras le bébé.
Quels soins alors ! L'enfant n'était jamais tombé.
Très grave, elle jouait à la petite mère.
Hélas ! le nouveau-né fut un ange éphémère.
On prit sur son berceau mesure d'un cercueil ;
Et la sœur de cinq ans a des habits de deuil,
Ne parle ni ne joue et, très préoccupée,
Se dit : « Je n'aime plus maintenant ma poupée. »

*
* *

Je rêve, tant Paris m'est parfois un enfer,
D'une ville très calme et sans chemin de fer,
Où, chez le sous-préfet, en vieux garçon affable,
Je lirais, au dessert, mon épître ou ma fable.
On se dirait tout bas, comme un mignon péché,
Un quatrain très mordant que j'aurais décoché.
Là, je conserverais de vagues hypothèques.
On voudrait mon avis pour les bibliothèques;
Et j'y rétablirais, disciple consolé,
Nos maîtres, Esménard, Lebrun, Chênedollé.

*
* *

Assis, les pieds pendants, sous l'arche du vieux pont,
Et sourd aux bruits lointains à qui l'écho répond,
Le pêcheur suit des yeux le petit flotteur rouge.
L'eau du fleuve pétille au soleil. Rien ne bouge.
Le liège soudain fait un plongeon trompeur,
La ligne saute. — Avec un hoquet de vapeur
Passe un joyeux bateau tout pavoisé d'ombrelles ;
Et, tandis que les flots apaisent leurs querelles,
L'homme, un instant tiré de son rêve engourdi,
Met une amorce neuve et songe : — Il est midi.

*
* *

Malgré ses soixante ans, le joyeux invalide
Sur sa jambe de bois est encore solide.
Quand il touche l'argent de sa croix, un beau soir,
Il s'en va, son repas serré dans un mouchoir,
Et, vers le Champ de Mars, entraîne à la barrière
Un conscrit, le bonnet de police en arrière;
Et là, plein d'abandon, vers le pousse-café,
Son bâton à la main, le bonhomme échauffé
Conte au jeune soldat et lui rend saisissable
La bataille d'Isly qu'il trace sur le sable.

*
* *

De même que Rousseau jadis fondait en pleurs
A ces seuls mots : « Voilà de la pervenche en fleurs, »
Je sais tout le plaisir qu'un souvenir peut faire.
Un rien, l'heure qu'il est, l'état de l'atmosphère,
Un battement de cœur, un parfum retrouvé,
Me rendent un bonheur autrefois éprouvé.
C'est fugitif, pourtant la minute est exquise.
Et c'est pourquoi je suis très heureux à ma guise
Lorsque, dans le quartier que je sais, je puis voir
Un calme ciel d'octobre, à cinq heures du soir.

*
* *

Le printemps est charmant dans le Jardin des Plantes.
Les cris des animaux, les odeurs violentes
Des arbres et des fleurs exotiques dans l'air,
Cette création, sous un ciel pur et clair,
Tout cela fait penser au paradis terrestre;
Et tout en écoutant, sous un sapin alpestre,
Le grondement profond des lions en courroux,
On regarde, devant les naïfs tourlourous,
Tendant la trompe, avec ses airs de gros espiègle,
L'éléphant engloutir les nombreux pains de seigle.

*
* *

En plein soleil, le long du chemin de halage,
Quatre percherons blancs, vigoureux attelage,
Tirent péniblement, en butant du sabot,
Le lourd bateau qui fend l'onde de l'étambot;
Près d'eux, un charretier marche dans la poussière.
La main au gouvernail, sur le pont, à l'arrière,
N'écoutant pas claquer le brutal fouet de cuir,
Et regardant la rive et les nuages fuir,
Fume le marinier, sans se fouler la rate.
— « Le peuple et le tyran! » me dit un démocrate.

* * *

Près du rail où souvent passe comme un éclair
Le convoi furieux et son cheval de fer,
Tranquille, l'aiguilleur vit dans sa maisonnette.
Par la fenêtre on voit l'intérieur honnête,
Tel que le voyageur fiévreux doit l'envier.
C'est la femme parfois qui se tient au levier,
Portant sur un seul bras son enfant qui l'embrasse.
Jetant son sifflement atroce, le train passe
Devant l'humble logis qui tressaille au fracas.
Et le petit enfant ne se dérange pas.

*
* *

L'allée est droite et longue, et sur le ciel d'hiver
Se dressent hardiment les grands arbres de fer,
Vieux ormes dépouillés dont le sommet se touche.
Tout au bout, le soleil, large et rouge, se couche.
A l'horizon il va plonger dans un moment.
Pas un oiseau. Parfois un lointain craquement
Dans les taillis déserts de la forêt muette ;
Et là-bas, cheminant, la noire silhouette,
Sur le globe empourpré qui fond comme un lingot,
D'une vieille à bâton, ployant sous son fagot.

*
* *

Hier, sur une grand'route où j'ai passé près d'eux,
Les jeunes sourds-muets s'en allaient deux par deux,
Sérieux, se montrant leurs mains toujours actives.
Un instant j'observai leurs mines attentives
Et j'écoutai le bruit que faisaient leurs souliers
Je restai seul. La brise en haut des peupliers
Murmurait doucement un long frisson de fête ;
Chaque buisson jetait un trille de fauvette,
Et les grillons joyeux chantaient dans les bleuets.
Je penserai souvent aux pauvres sourds-muets.

*
* *

Comme le champ de foire est désert, la baraque
N'est pas ouverte, et sur son perchoir, le macaque
Cligne ses yeux méchants et grignote une noix
Entre la grosse caisse et le chapeau chinois;
Et deux bons paysans sont là, bouche béante,
Devant la toile peinte où l'on voit la géante,
Telle qu'elle a paru jadis devant les cours,
Soulevant décemment ses jupons un peu courts
Pour qu'on ne puisse pas supposer qu'elle triche,
Et montrant son mollet à l'empereur d'Autriche.

*
* *

J'écris ces vers, ainsi qu'on fait des cigarettes,
Pour moi, pour le plaisir ; et ce sont des fleurettes
Que peut-être il valait bien mieux ne pas cueillir ;
Car cette impression qui m'a fait tressaillir,
Ce tableau d'un instant rencontré sur ma route,
Ont-ils un charme enfin pour celui qui m'écoute ?
Je ne le connais pas. Pour se plaire à ceci,
Est-il comme moi-même un rêveur endurci ?
Ne peut-il se fâcher qu'on lui prête ce rôle ?
— Fi donc ! lecteur, tu lis par-dessus mon épaule.

II

Mon Père

Tenez, lecteur ! — souvent, tout seul, je me promène
Au lieu qui fut jadis la barrière du Maine.
C'est laid, surtout depuis le siège de Paris.
On a planté d'affreux arbustes rabougris
Sur ces longs boulevards où naguère des ormes
De deux cents ans croisaient leurs ramures énormes.
Le mur d'octroi n'est plus ; le quartier se bâtit.
Mais c'est là que jadis, quand j'étais tout petit,
Mon père me menait, enfant faible et malade,
Par les couchants d'été faire une promenade.

C'est sur ces boulevards déserts, c'est dans ce lieu
Que cet homme de bien, pur, simple et craignant Dieu,
Qui fut bon comme un saint, naïf comme un poète,
Et qui, bien que très pauvre, eut toujours l'âme en fête,
Au fond d'un bureau sombre après avoir passé
Tout le jour, se croyant assez récompensé
Par la douce chaleur qu'au cœur nous communique
La main d'un dernier-né, la main d'un fils unique,
C'est là qu'il me menait. Tous deux nous allions voir
Les longs troupeaux de bœufs marchant vers l'abattoir,
Et quand mes petits pieds étaient assez solides,
Nous poussions quelquefois jusques aux Invalides,
Où, mêlés aux badauds descendus des faubourgs,
Nous suivions la retraite et les petits tambours.
Et puis enfin, à l'heure où la lune se lève,
Nous prenions pour rentrer la route la plus brève;
On montait au cinquième étage, lentement;
Et j'embrassais alors mes trois sœurs et maman,
Assises et cousant auprès d'une bougie.
— Eh bien, quand m'abandonne un instant l'énergie,
Quand m'accable par trop le spleen décourageant,
Je retourne, tout seul, à l'heure du couchant,

Dans ce quartier paisible où me menait mon père ;
Et du cher souvenir toujours le charme opère.
Je songe à ce qu'il fit, cet homme de devoir,
Ce pauvre fier et pur, à ce qu'il dut avoir
De résignation patiente et chrétienne
Pour gagner notre pain, tâche quotidienne,
Et se priver de tout, sans se plaindre jamais.
— Au chagrin qui me frappe alors je me soumets,
Et je sens remonter à mes lèvres surprises
Les prières qu'il m'a dans mon enfance apprises.

Compliment

Tous ces jours-ci, mes chers lecteurs, je désirais,
Tel un petit garçon qui, frisé tout exprès,
Présente son rouleau noué d'un ruban rose,
Vous offrir un joli compliment — vers ou prose —
Pour l'an qui, cette nuit, naquit et commença.
Mais, quand j'étais enfant — oh ! pas plus haut que ça ! —
Dans ce genre déjà je n'ai pas fait merveille.
Le texte qu'à l'école on nous donnait, la veille,
Et qu'il fallait, le soir, au logis copier,
M'effrayait. J'ai noirci, depuis, bien du papier ;

Mais c'étaient mes débuts dans la littérature.
Ces phrases, réclamant ma plus belle écriture,
Étaient alors, pour moi, pleines de « mots d'auteur ».
Sur mon grand tabouret, pour être à la hauteur
Du pupitre, j'avais un Boiste en deux volumes ;
Devant moi, sur la table, un encrier, des plumes,
Plus un bristol orné d'un beau feston doré
Et fleuri d'un petit bouquet peinturluré.
Devant ce grand travail, que j'étais mal à l'aise !
Fallait-il adopter la bâtarde ou l'anglaise ?
Que faire ? Je mouillais ma plume avec effroi ;
Je songeais au tableau du passage Jouffroy,
Où monsieur Favarger mit trois ans de sa vie,
Chef-d'œuvre et dernier mot de la calligraphie,
Qui montre aux gens, par un tel art humiliés,
Le « Lion d'Androclès » en « pleins » et « déliés » ;
Et, le dos rond, roulant les yeux, tirant la langue,
Je transcrivais alors ma petite harangue.

Pas mal le « Chers parents, à qui je dois le jour ».
Mais, lorsque j'arrivais au « cœur rempli d'amour »,
Comment écrire « cœur » ? « Cœur », un mot difficile !...

Je m'agitais et, comme un petit imbécile,
Je me mettais, avec des gestes consternés,
De l'encre au bout des doigts, de l'encre au bout du nez.
Alors, j'étais perdu. Les fautes d'orthographe
Pleuvaient. Je signais mal et ratais mon paraphe,
Et sur mes beaux souhaits de joie et de santé
Je laissais choir enfin un monstrueux pâté.

C'était affreux !

Pourtant, plein d'une angoisse énorme,
Le lendemain, avec ce manuscrit informe,
Quand je me présentais devant mes bons parents,
Ils prenaient le papier, ouvraient les yeux tout grands,
S'écriaient : « C'est superbe ! » et, sans dédains ni moues,
Embrassaient tendrement leur fils sur les deux joues.
Oui, ma page illisible, ils semblaient l'admirer.
Et l'on ouvrait l'armoire, et j'en voyais tirer
Des trésors, un tambour, un fusil à capsules !
Et je m'en emparais, joyeux et sans scrupules,
Ne sachant pas alors — pour l'enfant tout est beau —
Pourquoi mon père avait toujours un vieux chapeau

Et pourquoi la maman, sainte parmi les saintes,
Portait des gants flétris et des jupes reteintes.

Aux humbles, comme moi nés dans la pauvreté,
Je souhaite d'abord avec sincérité,
Quand la nouvelle année entreprend sa carrière,
Le pain quotidien de la vieille prière ;
Et puis, pour qu'ils ne soient jamais trop malheureux,
Je leur souhaite encor de bien s'aimer entre eux.
Du pain et de l'amour ! Tout est là. Le pauvre homme
N'a vraiment pas le droit de trop se plaindre, en somme,
Si, du berceau d'osier au cercueil de sapin,
Toute sa vie, il a de l'amour et du pain.
Mes honnêtes parents n'eurent pas davantage ;
Mais la bonté régnait dans leur cœur sans partage.
Des sentiments profonds ils ont connu le prix,
Et, si je sais aimer, c'est qu'ils me l'ont appris.
Et tel riche, donnant de splendides étrennes,
N'éprouve pas leur joie en ces heures sereines,
Quand ils payaient, ayant épargné quelques sous,
Mon mauvais compliment par de pauvres joujoux.

Mes amis, en ce jour qui groupe la famille,
Si cher que soit le pain, si peu que le feu brille,
Épanouissez-vous, ne devenez pas durs.
Quand les enfants viendront vous tendre leurs fronts [purs,
A défaut de cadeaux, comblez-les de caresses.
Entretenez en eux le foyer des tendresses,
Comme, en soufflant dessus, on rallume un charbon.
Le méchant souffre, et presque aucun homme n'est bon
Que grâce aux souvenirs de son enfance aimée,
Dont son âme demeure à jamais parfumée.

Morceau à quatre mains

Le salon s'ouvre sur le parc
Où les grands arbres, d'un vert sombre,
Unissent leurs rameaux en arc
Sur les gazons qu'ils baignent d'ombre.

Si je me retourne soudain
Dans le fauteuil où j'ai pris place,
Je revois encor le jardin
Qui se reflète dans la glace ;

Et je goûte l'amusement
D'avoir, à gauche comme à droite,
Deux parcs, pareils absolument,
Dans la porte et la glace étroite.

Par un jeu charmant du hasard,
Les deux jeunes sœurs, très exquises,
Pour jouer un peu de Mozart,
Au piano se sont assises.

Comme les deux parcs du décor,
Elles sont tout à fait pareilles ;
Les quatre mêmes bijoux d'or
Scintillent à leurs quatre oreilles.

J'examine autant que je veux,
Grâce aux yeux baissés sur les touches,
La même fleur sur leurs cheveux,
La même fleur sur leurs deux bouches ;

Et parfois, pour mieux regarder,
Beaucoup plus que pour mieux entendre,
Je me lève et viens m'accouder
Au piano de palissandre.

Adagio

La rue était déserte et donnait sur les champs.
Quand j'allais voir l'été les beaux soleils couchants
Avec le rêve aimé qui partout m'accompagne,
Je la suivais toujours pour gagner la campagne,
Et j'avais remarqué que, dans une maison
Qui fait l'angle et qui tient, ainsi qu'une prison,
Fermée au vent du soir son étroite persienne,
Toujours à la même heure, une musicienne
Mystérieuse, et qui sans doute habitait là,
Jouait l'adagio de la sonate en *la*.

Le ciel se nuançait de vert tendre et de rose.
La rue était déserte; et le flâneur morose
Et triste, comme sont souvent les amoureux,
Qui passait, l'œil fixé sur les gazons poudreux,
Toujours à la même heure, avait pris l'habitude
D'entendre ce vieil air dans cette solitude.
Le piano chantait sourd, doux, attendrissant,
Rempli du souvenir douloureux de l'absent
Et reprochant tout bas les anciennes extases.
Et moi, je devinais des fleurs dans de grands vases,
Des parfums, un profond et funèbre miroir,
Un portrait d'homme à l'œil fier, magnétique et noir,
Des plis majestueux dans les tentures sombres,
Une lampe d'argent, discrète, sous les ombres,
Le vieux clavier s'offrant dans sa froide pâleur,
Et, dans cette atmosphère émue, une douleur
Épanouie au charme ineffable et physique
Du silence, de la fraîcheur, de la musique.
Le piano chantait toujours plus bas, plus bas.
Puis, un certain soir d'août, je ne l'entendis pas.

Depuis, je mène ailleurs mes promenades lentes.

Moi qui hais et qui fuis les foules turbulentes,
Je regrette parfois ce vieux coin négligé.
Mais la vieille ruelle a, dit-on, bien changé :
Les enfants d'alentour y vont jouer aux billes,
Et d'autres pianos l'emplissent de quadrilles.

L'Amazone

Devant le frais cottage au gracieux perron,
Sous la porte que timbre un tortil de baron,
Debout entre les deux gros vases de faïence,
L'amazone, déjà pleine d'impatience,
Apparaît, svelte et blonde, et portant sous son bras
Sa lourde jupe, avec un charmant embarras.
Le fin drap noir étreint son corsage, et le moule ;
Le mignon chapeau d'homme, autour duquel s'enroule

Un voile blanc, lui jette une ombre sur les yeux.
La badine de jonc au pommeau précieux
Frémit entre les doigts de la jeune élégante,
Qui s'arrête un moment sur le seuil et se gante.
Agitant les lilas en fleur, un vent léger
Passe dans ses cheveux et les fait voltiger,
Blonde auréole autour de son front envolée :
Et, gros comme le poing, au milieu de l'allée
De sable roux semé de tout petits galets,
Le groom attend et tient les deux chevaux anglais.

Et moi, flâneur qui passe et jette par la grille
Un regard enchanté sur cette jeune fille,
Et m'en vais sans avoir même arrêté le sien,
J'imagine un bonheur calme et patricien,
Où cette noble enfant me serait fiancée ;
Et déjà je m'enivre à la seule pensée
Des clairs matins d'avril où je galoperais,
Sur un cheval très vif et par un vent très frais,
A ses côtés, lancé sous la frondaison verte.
Nous irions, par le bois, seuls, à la découverte ;

Et, voulant une image au contraste troublant
Du long vêtement noir et du long voile blanc,
Je la comparerais, dans ma course auprès d'elle,
A quelque fugitive et sauvage hirondelle.

Ritournelle

Dans la plaine blonde et sous les allées,
Pour mieux faire accueil au doux messidor,
Nous irons chasser les choses ailées,
Moi, la strophe, et toi, les papillons d'or.

Et nous choisirons les routes tentantes,
Sous les saules gris et près des roseaux,
Pour mieux écouter les choses chantantes,
Moi, le rythme, et toi, le chœur des oiseaux.

Suivant tous les deux les rives charmées
Que le fleuve bat de ses flots parleurs,
Nous vous trouverons, choses parfumées,
Moi, glanant des vers, toi, cueillant des fleurs.

Et l'amour, servant notre fantaisie,
Fera, ce jour-là, l'été plus charmant :
Je serai poète, et toi poésie;
Tu seras plus belle, et moi plus aimant.

La Ferme

La maison, aujourd'hui ferme, jadis château,
A bon air. Un fossé l'entoure ; un vieux bateau,
Plein de feuillage mort, pourrit là, sous le saule.
Par l'étroit pont de pierre où la volaille piaule
Répondant à grands cris aux canards du fossé,
Et par la voûte sombre au cintre surbaissé,
On entre dans la cour spacieuse et carrée
Que jonchent le fumier et la paille dorée.
Avant le déjeuner, parfois j'en fais le tour.
Je regarde rentrer les bêtes de labour,

Gros chevaux pommelés, les pieds velus, la queue
Troussée, avec le lourd collier de laine bleue,
Le gland rouge à l'oreille, et le grossier harnais.
Je fus un paysan jadis, je m'y connais,
Je parle aux laboureurs, je leur dis ma recette
Pour extirper du blé la nielle et la luzette
Et que le temps humide est meilleur pour faucher.
La grosse cuisinière alors vient me chercher;
Je rentre dans la salle à manger confortable
Où je trouve Suzanne arrangeant sur la table
Les fruits de la saison dans un grand plat de Gien.
On déjeune gaîment. Quelquefois le vieux chien
Qu'on tolère au logis, car il n'est plus ingambe,
Vient poser en grondant sa gueule sur ma jambe
Pour avoir un morceau qu'il avale d'un coup.
En prenant le café, nous fumons, pas beaucoup.
Puis mes hôtes vont voir leurs travaux de campagne,
Ils prennent le panier, et je les accompagne.
La voiture d'osier a trois places. Devant,
La chère blonde, avec son voile brun au vent,
— Tandis que le papa maintient au trot Cocotte, —
Se retourne, voulant mettre dans la capote

Son parasol doublé de vert et ses bouquets.
Moi, derrière, occupant le siège du laquais,
Pour l'aider je m'incline, et je la touche presque.
— Et nous suivons alors un chemin pittoresque,
Où souvent, par-dessus les grands épis penchés,
Nous regardent de loin les pointes des clochers.

La Cueillette des Cerises

Espiègle! j'ai bien vu tout ce que vous faisiez,
Ce matin, dans le champ planté de cerisiers
Où seule vous étiez, nu-tête, en robe blanche.
Caché par le taillis, j'observais. Une branche,
Lourde sous les fruits mûrs, vous barrait le chemin
Et se trouvait à la hauteur de votre main.
Or, vous avez cueilli des cerises vermeilles,
Coquette! et les avez mises à vos oreilles,
Tandis qu'un vent léger dans vos boucles jouait.
Alors, vous asseyant pour cueillir un bleuet

Dans l'herbe, et puis un autre, et puis un autre encore,
Vous les avez piqués dans vos cheveux d'aurore ;
Et, les bras recourbés sur votre front fleuri,
Assise dans le vert gazon, vous avez ri ;
Et vos joyeuses dents jetaient une étincelle.
Mais pendant ce temps-là, ma belle demoiselle,
Un seul témoin, qui vous gardera le secret,
Tout heureux de vous voir heureuse, comparait,
Sur votre frais visage animé par les brises,
Vos regards aux bleuets, vos lèvres aux cerises.

Le Rêve du Poète

Ce serait sur les bords de la Seine. Je vois
Notre chalet, voilé par un bouquet de bois.
Un hamac au jardin, un bateau sur le fleuve.
Pas d'autre compagnon qu'un chien de Terre-Neuve
Qu'elle aimerait et dont je serais bien jaloux.
Des faïences à fleurs pendraient après des clous;
Puis beaucoup de chapeaux de paille et des ombrelles.
Sous leurs papiers chinois les murs seraient si frêles
Que même, en travaillant, à travers la cloison
Je l'entendrais toujours errer par la maison

Et traîner dans l'étroit escalier sa pantoufle.
Les miroirs de ma chambre auraient senti son souffle
Et souvent réfléchi son visage, charmés.
Elle aurait effleuré tout de ses doigts aimés.
Et ces bruits, ces reflets, ces parfums, venant d'elle,
Ne me permettraient pas d'être une heure infidèle.
Enfin, quand, poursuivant un vers capricieux,
Je serais là, pensif et la main sur les yeux,
Elle viendrait, sachant pourtant que c'est un crime,
Pour lire mon poème et me souffler ma rime,
Derrière moi, sans bruit, sur la pointe des pieds.
Moi, qui ne veux pas voir mes secrets épiés,
Je me retournerais avec un air farouche ;
Mais son gentil baiser me fermerait la bouche.
— Et dans les bois voisins, inondés de rayons,
Précédés du gros chien, nous nous promènerions,
Moi, vêtu de coutil, elle, en toilette blanche,
Et j'envelopperais sa taille, et sous sa manche
Ma main caresserait la rondeur de son bras.
On ferait des bouquets, et, quand nous serions las
On rejoindrait, toujours suivis du chien qui jappe,
La table mise, avec des roses sur la nappe,

Près du bosquet criblé par le soleil couchant;
Et, tout en s'envoyant des baisers en mangeant,
Tout en s'interrompant pour se dire : Je t'aime!
On assaisonnerait des fraises à la crème,
Et l'on bavarderait comme des étourdis
Jusqu'à ce que la nuit descende...

— O Paradis!

La Mémoire

Souvent, lorsque, la main sur les yeux, je médite,
Elle m'apparaît, svelte et la tête petite,
Avec ses blonds cheveux coupés courts sur le front.
Trouverai-je jamais des mots qui la peindront,
La chère vision que malgré moi j'ai fuie ?
Qu'est auprès de son teint la rose après la pluie ?
Peut-on comparer même au chant du bengali
Son exotique accent, si clair et si joli ?
Est-il une grenade entr'ouverte qui rende
L'incarnat de sa bouche adorablement grande ?

Oui, les astres sont purs, mais aucun dans les cieux,
Aucun n'est éclatant et pur comme ses yeux;
Et l'antilope errant sous le taillis humide
N'a pas ce long regard lumineux et timide.
Ah! devant tant de grâce et de charme innocent,
Le poète qui veut décrire est impuissant;
Mais l'amant peut du moins s'écrier : « Sois bénie,
O faculté sublime à l'égal du génie,
Mémoire, qui me rends son sourire et sa voix,
Et qui fais qu'exilé loin d'elle, je la vois! »

Réponse

« Mais je l'ai vu si peu ! » disiez-vous l'autre jour. —
Et moi, vous ai-je vue en effet davantage ?
En un moment mon cœur s'est donné sans partage.
Ne pouvez-vous ainsi m'aimer à votre tour ?

Pour monter d'un coup d'aile au sommet de la tour,
Pour emplir de clartés l'horizon noir d'orage,
Et pour nous enchanter de son puissant mirage,
Quel temps faut-il à l'aigle, à l'éclair, à l'amour ?

Je vous ai vue à peine, et vous m'êtes ravie !
Mais à vous mériter je consacre ma vie
Et du sombre avenir j'accepte le défi.

Pour s'aimer faut-il donc tellement se connaître,
Puisque, pour allumer le feu qui me pénètre,
Chère âme, un seul regard de vos yeux a suffi ?

A un Ange gardien

Mon rêve, par l'amour redevenu chrétien,
T'évoque à ses côtés, ô doux ange gardien,
Divin et pur esprit, compagnon invisible
Qui veilles sur cette âme innocente et paisible!
N'est-ce pas, beau soldat des phalanges de Dieu,
Qui, pour la protéger, fais toujours, en tout lieu,
Sur l'adorable enfant planer ton ombre ailée,
Que ta chaste personne est moins immaculée,
Que ton regard, reflet des immenses azurs,
Et que le feu qui brille à ton front, sont moins purs,

Dans leur sublime essence au paradis conquise,
Que le cœur virginal de cette enfant exquise?
O toi qui de la voir as toujours la douceur,
Bel ange, n'est-ce pas qu'elle est comme ta sœur?
O céleste témoin qui sais que sa pensée,
Par une humble prière au matin commencée,
Dans ses rêves du soir est plus naïve encor,
N'est-ce pas qu'en voyant s'abaisser ses cils d'or
Sur ses yeux ingénus comme ceux des gazelles,
Tu t'étonnes parfois qu'elle n'ait pas des ailes?

Romance

Quand vous me montrez une rose
Qui s'épanouit sous l'azur,
Pourquoi suis-je alors plus morose ?
Quand vous me montrez une rose,
C'est que je pense à son front pur.

Quand vous me montrez une étoile,
Pourquoi les pleurs, comme un brouillard,
Sur mes yeux jettent-ils leur voile ?
Quand vous me montrez une étoile,
C'est que je pense à son regard.

Quand vous me montrez l'hirondelle
Qui part jusqu'au prochain avril,
Pourquoi mon âme se meurt-elle?
Quand vous me montrez l'hirondelle,
C'est que je pense à mon exil.

Lettre

Non, ce n'est pas en vous « un idéal » que j'aime,
C'est vous tout simplement, mon enfant, c'est vous-même.
Telle Dieu vous a faite, et telle je vous veux.
Et rien ne m'éblouit, ni l'or de vos cheveux,
Ni le feu sombre et doux de vos larges prunelles,
Bien que ma passion ait pris sa source en elles.
Comme moi, vous devez avoir plus d'un défaut;
Pourtant c'est vous que j'aime et c'est vous qu'il me faut.
Je ne poursuis pas là de chimère impossible;
Non, non! Mais seulement, si vous êtes sensible

Au sentiment profond, pur, fidèle et sacré,
Que j'ai conçu pour vous et que je garderai,
Et si nous triomphons de ce qui nous sépare,
Le rêve, chère enfant, où mon esprit s'égare,
C'est d'avoir à toujours chérir et protéger
Vous comme vous voilà, vous sans y rien changer.
Je vous sais le cœur bon, vous n'êtes point coquette;
Mais je ne voudrais pas que vous fussiez parfaite,
Et le chagrin qu'un jour vous me pourrez donner,
J'y tiens pour la douceur de vous le pardonner.
Je veux joindre, si j'ai le bonheur que j'espère,
A l'ardeur de l'amant l'indulgence du père
Et devenir plus doux quand vous me ferez mal.
Voyez, je ne mets pas en vous « un idéal »,
Et de l'humanité je connais la faiblesse;
Mais je vous crois assez de cœur et de noblesse
Pour espérer que, grâce à mon effort constant,
Vous m'aimerez un peu, moi qui vous aime tant!

Février

Hélas! dis-tu, la froide neige
Recouvre le sol et les eaux;
Si le bon Dieu ne les protège,
Le printemps n'aura plus d'oiseaux!

Rassure-toi, tendre peureuse;
Les doux chanteurs n'ont point péri.
Sous plus d'une racine creuse
Ils ont un chaud et sûr abri.

Là, se serrant l'un contre l'autre
Et blottis dans l'asile obscur,
Pleins d'un espoir pareil au nôtre,
Ils attendent l'Avril futur ;

Et, malgré la bise qui passe
Et leur jette en vain ses frissons,
Ils répètent à voix très basse
Leurs plus amoureuses chansons.

Ainsi, ma mignonne adorée,
Mon cœur où rien ne remuait,
Avant de t'avoir rencontrée,
Comme un sépulcre était muet ;

Mais quand ton cher regard y tombe,
Aussi pur qu'un premier beau jour,
Tu fais jaillir de cette tombe
Tout un essaim de chants d'amour.

Avril

Lorsqu'un homme n'a pas d'amour,
Rien du printemps ne l'intéresse ;
Il voit même sans allégresse,
Hirondelles, votre retour :

Et, devant vos troupes légères
Qui traversent le ciel du soir,
Il songe que d'aucun espoir
Vous n'êtes pour lui messagères.

Chez moi ce spleen a trop duré,
Et quand je voyais dans les nues
Les hirondelles revenues,
Chaque printemps, j'ai bien pleuré.

Mais, depuis que toute ma vie
A subi ton charme subtil,
Mignonne, aux promesses d'Avril
Je m'abandonne et me confie.

Depuis qu'un regard bien-aimé
A fait refleurir tout mon être,
Je vous attends à ma fenêtre,
Chères voyageuses de Mai.

Venez, venez vite, hirondelles,
Repeupler l'azur calme et doux,
Car mon désir qui va vers vous
S'accuse de n'avoir pas d'ailes.

Mai

Depuis un mois, chère exilée,
Loin de mes yeux tu t'en allas,
Et j'ai vu fleurir les lilas
Avec ma peine inconsolée.

Seul, je fuis ce ciel clair et beau
Dont l'ardent effluve me trouble,
Car l'horreur de l'exil se double
De la splendeur du renouveau.

En vain j'entends contre les vitres,
Dans la chambre où je m'enfermai,
Les premiers insectes de Mai
Heurter leurs maladroits élytres :

En vain le soleil a souri ;
Au printemps je ferme ma porte
Et veux seulement qu'on m'apporte
Un rameau de lilas fleuri ;

Car l'amour dont mon âme est pleine
Retrouve, parmi ses douleurs,
Ton regard dans ces chères fleurs
Et dans leur parfum ton haleine.

Juin

Dans cette vie où nous ne sommes
Que pour un temps si tôt fini,
L'instinct des oiseaux et des hommes
Sera toujours de faire un nid ;

Et d'un peu de paille ou d'argile
Tous veulent se construire, un jour,
Un humble toit, chaud et fragile,
Pour la famille et pour l'amour.

Par les yeux d'une fille d'Ève
Mon cœur profondément touché
Avait fait aussi ce doux rêve
D'un bonheur étroit et caché.

Rempli de joie et de courage,
A fonder mon nid je songeais ;
Mais un furieux vent d'orage
Vient d'emporter tous mes projets ;

Et sur mon chemin solitaire
Je vois, triste et le front courbé,
Tous mes espoirs brisés à terre
Comme les œufs d'un nid tombé.

Août

Par les branches désordonnées
Le coin d'étang est abrité,
Et là poussent en liberté
Campanules et graminées.

Caché par le tronc d'un sapin,
J'y vais voir, quand midi flamboie,
Les petits oiseaux pleins de joie
Se livrer au plaisir du bain.

Aussi vifs que des étincelles,
Ils sautillent de l'onde au sol,
Et l'eau, quand ils prennent leur vol,
Tombe en diamants de leurs ailes.

Mais mon cœur lassé de souffrir
En les admirant les envie,
Eux qui ne savent de la vie
Que chanter, aimer et mourir!

Décembre

Le hibou parmi les décombres
Hurle, et Décembre va finir;
Et le douloureux souvenir
Sur ton cœur jette encor ses ombres.

Le vol de ces jours que tu nombres,
L'aurais-tu voulu retenir?
Combien seront, dans l'avenir,
Brillants et purs; et combien, sombres?

Laisse donc les ans s'épuiser.
Que de larmes pour un baiser,
Que d'épines pour une rose !

Le temps qui s'écoule fait bien ;
Et mourir ne doit être rien,
Puisque vivre est si peu de chose.

III

En Faction

Sur le rempart, portant mon lourd fusil de guerre,
Je vous revois, pays que j'explorais naguère,
Montrouge, Gentilly, vieux hameaux oubliés
Qui cachez vos toits bruns parmi les peupliers.
Je respire, surpris, sombre ruisseau de Bièvre,
Ta forte odeur de cuir et tes miasmes de fièvre.
Je vous suis du regard, pauvres coteaux pelés,
Tels encor que jadis je vous ai contemplés,

12

Et dans ce ciel connu, mon souvenir s'étonne
De retrouver les tons exquis d'un soir d'automne;
Et mes yeux sont mouillés des larmes de l'adieu.
Car mon rêve a souvent erré dans ce milieu
Que va bouleverser la dure loi du siège.
Jusqu'ici j'allongeais la chaîne de mon piège;
Triste captif, ayant Paris pour ma prison,
Longtemps ce fut ici pour moi tout l'horizon;
Ici j'ai pris l'amour des couchants verts et roses;
Penché dès le matin sur des papiers moroses,
Dans une chambre où ma fantaisie étouffait,
C'est ici que souvent, le soir, j'ai satisfait,
A cette heure où la nuit monte au ciel et le gagne,
Mon désir de lointain, d'air libre et de campagne.
Me reprochera-t-on, dans cet affreux moment,
Un regret pour ce coin misérable et charmant?
Car il va disparaître à tout jamais. Sans doute,
Les boulets vont couper les arbres de la route;
Et l'humble cabaret où je me suis assis,
Incendié déjà, fume au pied du glacis;
Dans ce champ dépouillé, morne comme une tombe,
Il croule, abandonné. Regardez. Une bombe

A crevé ces vieux murs qui gênaient pour le tir ;
Et, tels que mon regret qui ne veut pas partir,
Se brûlant au vieux toit, quelques pigeons fidèles
L'entourent, en criant, de leurs battements d'ailes.

Le Chien perdu

Quand on rentre, le soir, par la cité déserte,
Regardant sur la boue humide, grasse et verte,
Les longs sillons du gaz tous les jours moins nombreux,
Souvent un chien perdu, tout crotté, morne, affreux,
Un vrai chien de faubourg, que son trop pauvre maître
Chassa d'un coup de pied en le pleurant peut-être,
Attache à vos talons obstinément son nez
Et vous lance un regard si vous vous retournez.
Quel regard! long, craintif, tout chargé de caresse,
Touchant comme un regard de pauvre ou de maîtresse,

Mais sans espoir pourtant, avec cet air douteux
De femme dédaignée et de pauvre honteux.
Si vous vous arrêtez, il s'arrête, et, timide,
Agite faiblement sa queue au poil humide.
Sachant bien que son sort en vous est débattu,
Il semble dire : — Allons, emmène-moi, veux-tu ?
On est ému, pourtant on manque de courage ;
On est pauvre soi-même, on a peur de la rage,
Enfin, mauvais, on fait la mine de lever
Sa canne, on dit au chien : « Veux-tu bien te sauver ! »
Et, tout penaud, il va faire son offre à d'autres.

La sinistre rencontre ! et quels temps sont les nôtres !
Et quel mal nous ont fait ces féroces Prussiens,
Que les plus pauvres gens abandonnent leurs chiens
Et que, distrait du deuil public, il faille encore
Plaindre ces animaux dont le regard implore !

Tableau rural

Au village, en juillet. Un soleil accablant.
Ses lunettes au nez, le vieux charron tout blanc
Répare, près du seuil, un timon de charrue.
Le curé tout à l'heure a traversé la rue,
Nu-tête. Les trois quarts ont sonné, puis plus rien,
Sauf monsieur le marquis, un gros richard terrien,
Qui passe, en berlingot et la pipe à la bouche,
Et qui, pour délivrer sa jument d'une mouche,
Lance des claquements de fouet très campagnards
Et fait fuir, effarés, coqs, poules et canards.

Croquis de Banlieue

L'homme, en manches de veste, et sous son chapeau noir,
A cause du soleil, ayant mis son mouchoir,
Tire gaillardement la petite voiture,
Pour faire prendre l'air à sa progéniture,
Deux bébés, l'un qui dort, l'autre suçant son doigt.
La femme suit et pousse, ainsi qu'elle le doit,
Très lasse, et sous son bras portant la rédingote;
Et l'on s'en va dîner dans une humble gargote
Où sur le mur est peint — vous savez? à Clamart! —
Un lapin mort, avec trois billes de billard.

Cheval de Renfort

Le cheval qu'a jadis réformé la remonte
Est là, près du trottoir du long faubourg qui monte,
Pour qu'on l'attelle en flèche au prochain omnibus.
Il a cet air navré des animaux fourbus,
Sous son sale harnais qui traine par derrière.
Mais lorsque, précédés d'une marche guerrière,
Des soldats font venir les femmes aux balcons,
Il se souvient alors du sixième dragons
Et du soleil luisant sur les lattes vermeilles;
Et le vieux vétéran redresse les oreilles.

Au Bord de la Marne

C'est régate à Joinville. On tire le pétard.
Les cinq canots, deux en avant, trois en retard,
Partent, et de soleil la rivière est criblée.
Sur la berge, là-bas, la foule est assemblée,
Et la gendarmerie est en pantalon blanc.
— Et l'on prévoit, ce soir, les rameurs s'attablant
Au cabaret, les chants des joyeuses équipes,
Les nocturnes bosquets constellés par les pipes,
Et les papillons noirs qui, dans l'air échauffé,
Se brûlent au cognac flambant sur le café.

Rythme des Vagues

J'étais assis devant la mer sur le galet.
Sous un ciel clair, les flots d'un azur violet,
Après s'être gonflés en accourant du large,
Comme un homme accablé d'un fardeau s'en décharge,
Se brisaient devant moi, rythmés et successifs
J'observais ces paquets de mer lourds et massifs
Qui marquaient d'un hourra leurs chutes régulières,
Et puis se retiraient en râlant sur les pierres.
Et ce bruit m'enivrait; et pour écouter mieux
Je me voilai la face et je fermai les yeux.

Alors, en entendant les lames sur la grève
Bouillonner et courir, et toujours, et sans trêve
S'écrouler en faisant ce fracas cadencé,
Moi, l'humble observateur du rythme, j'ai pensé
Qu'il doit être en effet une chose sacrée,
Puisque Celui qui sait, qui commande et qui crée,
N'a tiré du néant ces moyens musicaux,
Ces falaises au roc creusé par les échos,
Ces sonores cailloux, ces stridents coquillages,
Incessamment heurtés et roulés sur les plages
Par la vague, pendant tant de milliers d'hivers,
Que pour que l'Océan nous récitât des vers.

Matin d'Octobre

C'est l'heure exquise et matinale
Que rougit un soleil soudain.
A travers la brume automnale
Tombent les feuilles du jardin.

Leur chute est lente. On peut les suivre
Du regard en reconnaissant
Le chêne à sa feuille de cuivre,
L'érable à sa feuille de sang.

Les dernières, les plus rouillées,
Tombent des branches dépouillées ;
Mais ce n'est pas l'hiver encor.

Une blonde lumière arrose
La nature, et, dans l'air tout rose,
On croirait qu'il neige de l'or.

Musée de Marine

Au Louvre, je vais voir ces délicats modèles
Qui montrent aux oisifs les richesses d'un port,
Je connais l'armement des vaisseaux de haut-bord
Et la voilure des avisos-hirondelles.

J'aime cette flottille avec ses bagatelles,
Le carré d'Océan qui lui sert de support,
Ses petits canons noirs se montrant au sabord,
Et ses mille haubans fins comme des dentelles.

Je suis un loup de mer et sais apprécier
Le blindage de cuivre et les ancres d'acier :
Car tous ces riens de bois, de ficelle et de liège

M'ont souvent fait trouver les dimanches bien courts.
Et, forçat de Paris dès longtemps pris au piège,
C'est là que j'ai rêvé le voyage au long cours.

Nostalgie parisienne

Bon Suisse expatrié, la tristesse te gagne,
Loin de ton Alpe blanche aux éternels hivers ;
Et tu songes alors aux prés de fleurs couverts,
A la corne du pâtre, au loin, dans la montagne.

Lassé parfois, je fuis la ville comme un bagne,
Et son ciel fin, miré dans la Seine aux flots verts.
Mais c'est là que mes yeux d'enfant se sont ouverts,
Et le mal du pays me prend, à la campagne.

Le vrai fils de Paris ne regrette pas moins
Le relent du pavé que, toi, l'odeur des foins.
Montagnard nostalgique, — il faut que tu le saches, —

Mon cœur, comme le tien, fidèle et casanier,
Souffre en exil, et l'air strident du fontainier
Me ferait fondre en pleurs ainsi qu'un Ranz des Vaches.

IV

A mes jeunes Camarades,
aux Équipiers du Club nautique
de Chatou

Jadis, la Seine était verte et pure à Saint-Ouen,
Et, dans cette banlieue aujourd'hui sale et rêche,
J'ai canoté, j'ai même essayé de la pêche.
Le lieu semblait alors champêtre. Que c'est loin !

On dînait là. Le beurre, au cabaret du coin,
Était rance, et le vin fait de bois de campêche.
Mais les charmants retours, sur l'eau, dans la nuit
[fraîche,
Quand, sur les prés fauchés, flottait l'odeur du foin !

Oh ! quels vieux souvenirs et comme le temps marche !
Pourtant je vois encor le couchant, sous une arche,
Refléter ses rubis dans les flots miroitants.

Amis, embarquez-moi sur vos bateaux à voiles,
Par un beau soir, à l'heure où naissent les étoiles,
Afin que je revive un peu de mes vingt ans.

Écrit sur l'Album des Chats d'Henriette Ronner

Je regarde, en ce bel album paru d'hier,
Ces chats pris sur le vif avec un talent rare.
Jamais il ne fut mieux compris, je le déclare,
Le tigre familier, caressant quoique fier.

Vos félins sont exquis, Henriette Ronner.
Je les admire et, non sans orgueil, les compare
Au charmant angora dont mon logis se pare
Et qui vient de vêtir sa fourrure d'hiver.

Comme vous, pour les chats j'ai tant de sympathies !
Chez moi, j'ai vu régner de longues dynasties
De ces rois fainéants au pelage soyeux ;

Et, dans mon calme coin de vieux célibataire,
Toujours les chats prudents, les chats silencieux
Promènent leur beauté, leur grâce et leur mystère.

Table

TABLE

III

IV

Paris. — Impr. Lemerre, 6, rue des Bergers.

www.ingramcontent.com/pod-product-compliance
Lightning Source LLC
LaVergne TN
LVHW020329230826
846091LV00003B/813

* 9 7 8 2 0 1 9 3 0 5 6 6 6 *